VERA
PEDROSA

CB129742

Bem-Te-Vi

VERA
PEDROSA

DE ONDE VOLTAMOS O RIO DESCE

coleção canto do bem-te-vi

índice

O EXERCÍCIO DA POESIA

Há muito o que dizer sobre os poemas de Vera Pedrosa. Embora reconhecendo que o que aqui ficar dito será necessariamente pouco, desejaria que neste pouco se fizesse presente a percepção, ainda que de forma bastante sumária, do modo pelo qual Vera responde ao desafio da busca do significado em poesia.

Rio

não se ouvem mais o vozerio
as intermitências
clamores ou batidas de martelos
pregos
alguém lixando uma tábua
estou um instante só na sala
batalhei para fechar a janela

Primeiro, há que notar o caráter descritivo e narrativo desses poemas. E também a dimensão a mais que neles sempre se impõe e para a qual se abrem. Partem do real, da descrição direta de situações corriqueiras como a do poema acima. Ou de experiências quase inapreensíveis, de uma extrema complexidade:

cortejo

tendo estado
toda uma tarde
ouvindo um tempo branco
sentindo dedos de água
descidos da noite

figuras
surgem paralelas
como saídas agora
da cal da parede
"ali onde a sombra joga
na brisa de outra água"
de perto
a superfície do muro
pára
distração

Em ambos os poemas, o significado ressoa num espaço como que exterior a eles. Não que os elementos de que são compostos — entre outros, a tábua, a janela, o vozerio do primeiro; os dedos de água, a sombra, o tempo branco do segundo — percam em importância, na medida em que caminham para esse nível diferente de significação. Pelo contrário, tais elementos sofrem um adensamento, ganham em consistência e concreção e, ao terem reforçada a sua materialidade, mostram o acerto e a beleza da construção.

O impulso contudo é para fora. No sentido de que os poemas de Vera, e aqui me refiro ao conjunto deles, parecem não caber em si mesmos: necessitam abrir-se para um espaço maior, como que impulsionados por uma dinâmica interna que desloca permanentemente os elementos — coisas, vivências, lugar e tempo — que os compõem. Estão sempre a dizer mais do que aparentam; e o significado que produzem é a um só tempo evasivo e transparente.

Nesse sentido, a poesia de Vera pode ser considerada uma poesia de caráter metafísico? Sim, desde que com isso não se negue a essência de materialidade que a fundamenta. Não se trata de metafísica que se volte para outro mundo ou que se perca em abstrações excessivas. Pelo contrário, é metafísica que resulta de olhar extremamente sensível a este mundo, ao mundo de todos nós, tanto à sensualidade de suas formas como à dor que envolve tudo. Porém, por mais luminosa que seja em alguns momentos de sua notável visualidade, é na contraluz e no halo do grave silêncio que a envolve que devemos procurar o mais profundo significado da poesia de Vera Pedrosa.

Uma alta poesia — que concede, sem alarde, a maior de suas dádivas: o teor de verdade da experiência humana, aquela que escapa a qualquer definição, a que não pode conter-se nos limites de um postulado, a que é essencialmente irradiante nas sensações e pensamentos que emite; e que só à poesia cabe revelar.

Sem alarde, diga-se, e quase sem intenção.

Até o momento, seus três livros publicados (os dois últimos no Peru) o foram em edições do autor, ao sabor das circunstâncias, sem contar com nenhuma divulgação. O primeiro deles, composto de poemas escritos entre 1953 e 1958, só é publicado em 1964. O segundo, *De onde voltamos o rio desce*, em 1977. Verdadeira obra-prima, faltaram sete poemas de um total de trinta e sete para ser apresentado em sua integralidade na presente antologia. O terceiro livro, *Perspectiva naturalis*, data de 1978.

De lá para cá, como andará o trabalho de Vera?

Sua maneira de considerar o exercício da poesia parece indicar que acredita que este resulta menos, como empreitada necessária e legítima, da intencionalidade e continuidade de um projeto do que de uma sintonia com o ritmo geral da própria vida.

FRANCISCO ALVIM

... de fato o nome do arco é vida, mas sua obra a morte.
HERÁCLITO, FRAGMENTO 48

Nos mesmos rios entramos e não entramos, somos e não somos.
HERÁCLITO, FRAGMENTO 49

epígrafes traduzidas do grego
FERNANDO SANDRONI

I PARTE

DE ONDE VOLTAMOS O RIO DESCE

arco

há uma direção
agora
árvores se reúnem
sons de água
configuram-se

de onde voltamos
o rio desce
entre rochas
pousa em bacias
escapa entre falhas
detém-se em lajes
desce entre lírios
o basalto o escurece
poeira de ouro
em suas areias
cipoais
perturbam-lhe o contorno

quanto ao moço
nele se amava
o desejo de tudo
quando parado na pedra
o mergulho e
quando nadava
lentamente

de onde voltávamos
flores se interpunham
nos caminhos
mas era como se um arco ardesse
ante o olhar entre os ânimos

o rio desce
e quem se descobre
nas águas velozes
distantes

outros campos
outros passeios
adiro à evidência
de outros vales

fim de dia

quando choveu
e o ar está
com água pesando
e passam aves rápidas
manchas indecisas
sombras
concentração de névoa
e do alto se vê
o topo da árvore

as flores cor de laranja
desse flamboyant
vibram com o movimento
acelerado
do esôfago ao estômago

o dia desenrolou-se vagaroso
o tédio recolhido
armado
sob um prisma de cristal
ao lado de um paralelepípedo verde
sobre a mesa preta
a noite se aproxima
você pediu chocolate
veio na bandeja
os biscoitos meio moles

fez o gesto de afastar
cinco jornais amarfanhados
de cima do pano claro
do sofá

que fazer
com a tomada solta
a lâmpada queimada
o passe-partout amarelecido

visita

hoje o sol
incide mais oblíquo
sobre a parede negra entre árvores
as casas o vozerio
a laje de névoa
o pátio
vou plantar arroz aqui
as gatas crescem
de novo caçam
pássaros no quintal
você onde irá
em julho setembro outubro?
quem se detém
no humor de seus cabelos?
capim emaranhado
chove a evaporação do oceano
o mês de março
mal acabou

perda

há um instante
o tido-para-sempre
se afasta
o olfato não o restitui
torna-se pedra
desconhece-se a trama
foge o timbre
some a sombra
não se sabe mais narrá-lo

acidente

no instante lâmina
do aceitar
quase nos perde
a configuração astral
desastre

que sou eu
que me vem
que fado
me acolhe e entrega
a esse matrimônio-queda

desejoso de ontem
detido nas perdas
eu o vejo
próximo da fonte
um claustro desabado
imune ao observador

a luz das estrelas
manifesta distância
mas com ele estamos
num mesmo tempo
o calor nos levaria
mas temos uma luz tênue
"é como se caísse neve
entre a mão que anota
e o seu rosto"

andante

seu passo ao lado
sentia-o às vezes
como se o corpo se alçasse
e repousasse
fluido e branco
na direção do aterro
em frente à barra
(os cabelos caindo pesados demais)
um sorriso quando se queria

deixá-lo
pertencente ao íntimo

trabalhos

como se fizéssemos um muro onde
com uma mão
retirássemos o tijolo
que a outra colocara
tecendo o tempo todo comentários
não podendo calar
e abandonar-nos ao canto de pássaros
na noite branda
e escura e úmida
sem as idas e vindas

cortejo

tendo estado
toda uma tarde
ouvindo um tempo branco
sentindo dedos de água
descidos da noite

figuras
surgem paralelas
como saídas agora
da cal da parede
"ali onde a sombra joga
na brisa de outra água"
de perto
a superfície do muro
pára

distração

fars

foi há tanto tempo e entre amores
decisivos
conflagrações
criações confinamentos jaulas
aeronaves
trens
foi antes da exposição de motivos

houve uma época tão descansada
em que desde que se tivesse
uma janela em movimento
ele era imagem
deslizando ante folhas

se estendia embaixo de árvores
entrava em corredores
saía de portas
na areia ele era
as manhãs do desejo mais difuso
quando havia cinza no mar
era ele quem estava
(de suéter)
na antepenumbra molhada
doce e nu, sentado no banquete
numa horta de alfaces
sonhei com ele esta noite

Rio

não se ouvem mais o vozerio
as intermitências
clamores ou batida de martelos
pregos
alguém lixando uma tábua
estou um instante só na sala
batalhei para fechar a janela

foto

no retrato
era moda
uma das faces está na sombra
estancada
naquele encanto
uma leve penugem
do lado iluminado
dá notícia da textura
forçoso esconder
de uma das faces
o espelho
fosse possível
não mostrar a outra

sai

sai se esgueira
pelo corredor estreito
pela sala de onde volta
trazendo o leite das gatas
fez um frio súbito
tiveram fome
céu abaixo se despeja
uma água de chumbo

profissão

nada lembra
o suspeito
insuspeito
nesta manhã
diante da praia
vestígios mouriscos
nas casas
configuram imagens da avó

pisar a areia
como quem pula sobre brasas
mas estancar diante da onda

o mar é branco
da cor do céu
da areia
estar nessa luz
ser

para Livia

pensar que tua avó
criou-se nesta chácara
onde ao pé da mangueira
desenterraram uma vez
um caco
com todos os córregos
e os brinquedos chegavam
da Europa numa mala

os pés de lichi o bisavô
mandara trazer da Índia
(se dizia lixia)
faz frio no jardim
descido da mata
(flanco que ilumina
este cansaço de retorno)
onde tua tia-avó delimitava áreas
de horror e solidão

pensar que passavam os dias
encolhidas
(embaixo destas árvores)
em pontos de sombra

pensando ao norte

o nervo é oco
na solidão do vale
sombras crescem e ausências
são delicadas as raízes na água
se de tarde uma garça pousou
nos ramos altos
conte com bonanças

flores num jarro

coloquei
uma rosa de três dias
entre as flores secas

da janela

estar separado situado
em ponto variante na paisagem
entre quadras que acolhem um córrego
fio oleoso
desenho de acaso
que flancos doces flancos descompostos
aninham envolvem
ocultam num campo limitado
por paredes que cortam
o vento baixo
enquanto em cima se desencadeiam
tempestades

árvore

uma ave branca
afina o bico
nas lâminas verdes
a árvore
erguida
presente
de dentro do calor
do âmago da terra quente
ascende

a casca lisa
brilha

tema para Bel em Ouro Preto

nisso nos encobrimos
trêmulas atrás da vidraça
a chuva com vendavais
apagando a cidade
apertada entre morros próximos
tudo muito verde
muito cinza
um açoite de água

crepúsculo

nisso que o céu é
horizonte baixo
cintilam luzes que se acompanham
paralelas
um violeta
com mil passagens para o roxo
quatro apanhados de cravos
nas cabeceiras
recuso a palavra mortalha
que se propõe
uma faixa ainda translúcida
se decompõe
em negro

artes (para Quito)

chorar fingidamente
contar a partir
do fim da lunação
para que se possa ter
uma volta de sorrisos
no caminho branco
aberto a artes
o pássaro mímico
faz-se de morto
a preá inquieta rói
o guardanapo de linho
valeu muitas prendas
a aposta ganha
uma pedra de ilha
cinco espoletas
uma cabeça de sapo

seca

como a rua é seca
a sala é seca
o escritório continua o campo
onde
pontual
compareceu o arco-íris
com filetes abertos no barro
estar dentro estar fora
igualmente detida

fazenda

ninguém colheu flores
no roseiral emaranhado
as grandes cestas de vime
desfeitas
não continham roupa limpa
quarada
o capim invadia a tulha
as portas abertas
— o terreno era tão limpo
a roupa feria os olhos no varal —
a última porteira
arriada sobre o barro
não foi suficiente:
percepção desatendida
falha

the plot thickens

na carta à irmã
ele escreveu
era sete de maio
como via as folhas
escolhendo a direção
de se abaixarem
dançando sob a chuva
fazem muito bem em não permitir
registrou
um enterro cristão aos suicidas
que só transitam
de uma morte a outra
num labirinto frio e azul

me abandonando
quero mesmo
que falecesse
se estava tão deprimido
com o olho duro de araponga
como me contaram
escreveu-me dizendo
que faria um estrondo
e o topo
do crânio seria feito
em mil pedaços
que se alojariam
com massa branca e cinza e sangue
nos ladrilhos da cozinha

estou te escrevendo
continuava
da mesa onde janto
um dia cheio de presságios
lembro
como a gente olhava as árvores
no jardim da viúva
da janela estreita do quarto do avô
o velho sempre de chinelos
macios de couro marrom
o vento empurrando um galho
contra o batente

ah, Henrique, não posso
levantar a cabeça
que te vejo com rosto de morto
as pálpebras vazias
tuas mãos são como plantas
que qualquer remuo dobra
teu olhar flutua
onde olho

planalto

sonhei que estava no inferno
ruas de portas abertas
casas vazias de porta e janela
perdi um amigo ali
havia um homem perdido
não havia ar
mas silêncio

caçávamos
e o inferno era
atravessar um riacho
no bosque espaçado
de talos lisos
nem tão sombrio

caí certa vez
em outra natureza
disseram-me que ficasse
para restituir-me ao leito
escalei um morro alto
de onde me lancei
sobre o vale sem fundo

vida essa diversa sensação
quando se está no âmbito do vórtice

sonho

é mais fácil esquecer
que lembrar
da salamandra
da sandália da porta aberta
da manhã
(Teresa descendo escadas
abotoando sandálias de salto)

febre

teme-se a manhã
talvez não faça baixar a febre
talvez
não se anime
o rosto largado
a boca aberta
o respirar tão curto
mas não há de ser agora
a montanha negra
a penumbra
e por que estar aqui
entregue à memória
por que o vento
o som de flauta?

sonho do vestido violeta

descobri meu cadáver muito mais tarde
no meio da viagem
passava por zonas
de passado e futuro
o trem atacado pela multidão atarefada
ruínas negras de megalópolis de concreto

e tendo achado o cadáver
soube que me haviam enterrado
com o vestido precioso a anunciar
a precognição da morte
então determinei
que me desencarnassem
e pusessem a ossada limpa
polida
numa cova de terra úmida

então a multidão
sem real perigo
cercou o cemitério
e depois se dedicou à tarefa
muito mais séria
de destroçar as vigas
que sustentavam nosso teto

cerrado

as árvores
o caminho tão tortuoso
errar em querer explicá-las
a casca negra
profundidade de águas
quando se revela a facilidade
de toda outra
é como perguntar
por que o dia
é uma cabeça de jaguar
um olho aberto
o pelo do animal
ou brilho de dentes
a mesma casca que encobre,
pálpebra

II PARTE

PERSPECTIVA NATURALIS

debaixo das terras altas

teu rosto
meu olhar
se desencontram
vejo nada mais
que a cortina balançando
o solo faz
com que os ossos estremeçam
é longe é perto
te penso
de mar a mar

essa costa
feita de ruídos
esta de temores

perto do Rio, fevereiro

são dois verões
disseste
este e outro
o litoral daqui mais brando
o ar daí pesado feito uma capa

no remanso
no escombro de cais negreiros
penso que esta brisa
venha da África

entre um trago e outro
enquanto jogadores
monotonamente
levantam e abaixam cartas de um baralho
sofro não esta breve nostalgia
outra

quando haverá
a sorvedora ausência de verões
ou misturas de sangue
de suores

poemas com delfins e pelicanos

I

não esquecerei tão cedo
quando voltar para o consolo tíbio
de ondas mansas
areias mornas
quando voltar um dia
àquele agasalho
o mar onde seus ossos cresceram
frio
escuro
o susto o desafio

II

sobre esteiras
como um mergulho
e não há solo
um oceano
recebe e devolve
um poço
invade o corpo
um vazio
se derrama

III

unidos enfrentados
a ondas tenazes
e depois um remanso
antes que de novo
se delimitem
mar e terra

o corpo do amado se esquece
nunca o amplo abraço

o céu
no poço

IV

manhã zoológica
gaivotas em formação
negro, branco, negro, ponta de asa
sol do mar
estrela do mar
dois pelicanos gordos
boiando

pensei seu nome
sob a mira dos golfinhos
deslizando
luz e estrondo e surpresa
e sal nos cabelos

V

volto de um silêncio
para dentro de um lago
onde outro silêncio
cujas vibrações
percorrem o corpo
com o corpo do lago

quebra-mar

quanto desperdício
de tardes embuçadas
crepúsculos lilases
brisa de magnólia

não ter fruído
tenras manhãs
enfrentado nos espigões
o avançar das ondas
seu halo de euforia

vista sobre um parque

verde escuro de copas compactas
jardim atado pelo céu
panorama de silêncio
exclusão
carros contornam
a alameda
dias de êxodo

quantos éramos fazendo o caminho
a memória afinal
frágil

poemas ao céu

I

o cachorro veio ao meu encontro
nos unimos por uns passos
ao longo de muros altos
e detrás deles a mesma pobreza
e diante, montes de lixo
e folhas sem brilho
e brilho eclético de flores
e entre dois lampiões
caminhamos
tornados familiares pela neblina

II

a dama não pede conselhos
mas persegue
com suas histórias
sua fome
sempre a mesma:
"que farei
com meu tédio
nesta cidade
que não dá pé mesmo
e ele sempre ali
com seus olhos
em quina?"

III

no almoço de despedida
como comes
duas dez iguarias
carapaças
vidraças
pelo corredor
mais um que desliza
que Deus o acompanhe

IV

berço alheio
ataúde de irmãos desconhecidos
indiferente
à seiva que seca
às folhas não lavadas
hoje são dez a minha mesa
da janela vejo a massa imóvel de verde
um abraço úmido

V

caminha como queiras irmã
caminho a teu lado
sobre o calçamento acidentado
ao longo de paredes precárias
para o olhar de estranhamento
que acompanha a mão estendida

VI

esquina do Hotel Maury
procurando um pisco especial
faz anos
e desde então guardo
a mesma imagem que perco
o homem alto de poncho
chegando contrariado a cavalo
os visitantes tontos no ar rarefeito
reprime-se uma cena de ciúme
(o estrangeiro meio rosado, meio inerme)

oferenda a Iemanjá

te desejaria este mar que
no escuro
com sua frente de ondas
captou as flores ofertadas
à guardiã do oriente
molhou os pés dos ofertantes
palmas, cravos, floripôndios
e um curioso antúrio branco

o grupo
unido sobre a escarpa
num plaino de seixos negros

e ela veio
quase ávida
a recolher
pétalas brancas
pensamentos

agora

para um tempo exíguo
palavras curtas
não retraçar
instantes plenos
(dedos sujos de mel
lábios cheirando a sumo
como se fosse
sempre possível
banhar-se
em bacias lentas
repousar
sob a cachoeira
deitar-se
em redes brancas
adormecer ao som de flautas
de risos)
sem remorso
um tempo veloz
perdurando
impermanente

entardecer

entardece
outro tempo como a cavalo
permeia
os flancos de terra
a costa dentada de espelhos
e essa placidez

outro tempo persegue
com seu rosto cor de tangerina
as casas as trepadeiras
do bairro quase indolente

seus membros quase perfeitos
intactos imunes
pisam a grama do parque

na retaguarda
o sol se põe

gestos

fugaz e prolongado
o toque inventaria
plainos e rampas
o pulso capta
direções de sangue
hálitos
marés

Puruchuco

e tínhamos ido ao deserto
entre labirintos de adobe
rampas e esplanadas

o passo leve
não machucava
a terra cinza

não conhecemos
os amos
os servidores
nem os desenhos dessas passagens:
a mão que quis
os muros altos

III PARTE

POEMAS

o galgo

nos troncos a seiva preside
e o vento a livra nesses rios rasos
depois, as poças secas
nelas o rei que armastes
contemplai-o
hirto

os passos deslocam coisas vibrantes
objetos na alvorada
que luzem e correm e como
chamam
vem
com teus ruídos
e as luzes de teu rastro
                e rosas pálidas
                rasgar um rumo

entidade

fora apenas um jato de presença
nada mais que cores trêmulas
pairando na retina
diluíra-se
no ar da manhã atravessada
deixou na areia um nome
traço gentilmente caído
na carência de paz

despertar

não mais perdura o rosto
em rosto algum
não mais nos corredores se ouvem passos
sopros flautas
na areia permanece
a impressão de pés desencarnados
ali se prepara o falcão para a caça
ali as vísceras apodreceram
mas a ânfora é intacta
o cortejo fúnebre em pó
foi vertido

com seu martelo
destroçava o rei
os astros

a pele luminosa não mais
cobre
a armação aguda deste barro

nas antecâmaras erguem-se as serpentes
da vigília
(onde era sonho)

manhã

é grave o brilho vegetal
e grave
o sopro em nossos passos
súbito o muro entre o visto e a visão
desaba e é a liberdade
a deslumbrante revelação
do reino límpido das coisas
ante o vazio incontrolado mundo anterior
"a beleza é mais isto"
a precisão dos limites a segurança dos contornos
saber a árvore nossa irmã
de pele enrijecida e sangue semelhante

ao longe, pessoas ensolaradas puxam
flores por detrás do ombros e se saúdam
seus pés tocam o chão
entidades novas florescem nos canteiros

vagueio pela manhã
a luz concentrada nas moitas
e nos grânulos turvos raros cristais acumulam
luzes intensas

no limite do ofuscamento
percebo por um instante a hera
a hera sóbria na armação dos dias

para o Poeta

correta a linhagem
já decaída
casta desenganada
inventores de ornamentos
lhe cruzavam os caminhos
e os do eterno cão de guarda
alerta sob as faias
era o deserto
a terra desfalcada
sulcos onde um dia
se depositara o orvalho
deserto redivivo
onde seres embuçados se arrastavam
era ainda um cemitério ou
casa habitada
e a terra não mais brotava
como outrora
nem era em verdes teias violenta
lavrada

o poeta estava morto e morto estava
a morte declarada e pouco clara

corpo

o corpo estava
de costas para o céu
e a mão era armada
sob os pés
trigo não havia
e ondulava
e depois estava
largado contra a terra
e da mão a espada
despencada

o sol já ia duro
sobre o corpo tramado em silêncio

na terra
minério não havia
e brilhava

noite suspensa

de noite os ramos pendem
num ar rompido
ar
que da noite é o cansaço
e a raiva
onde a raiva é figura de magia
de que sóis ou satélites não sei
o pasto termina
no sangue
um galgo lateja

ouve o rumor o longínquo chamado

o recolhimento da terra
é extremo
ouve a pulsação das coisas
o turvo coração dos seres
as vozes do solo
armadas

nos campos internos
nos rios a morte concorre
sem apelo nas árvores
sem trégua
erguidas.
nenhum
animal se arrasta
os homens, forjadores
de acidentes aguardam
em silêncio
espia

seus muros estendidos
o frio de seus sonhos
vê o Oceano quieto
como se fora missão concluída
a do sal e da anêmona
respira
ouve o noturno pássaro caído

na quilha

eu te vi erguido
no inferno
de ruas ásperas e bruscas
tinhas líquen sobre as asas
quando vieste
ombros pesados de poeira e bruma

naquelas tardes
uma nave sobrevoava a aldeia
eras dentre todos
o semelhante o íntimo
companheiro mais que todos.
eras o anjo engalanado, cor de cinza
e triste e os corvos da adolescência
gritavam entre as torres

ou te emparedaram um dia
na quilha da nave que translúcida
encerrava já as flores imóveis
e amputadas
ou soubeste tártaro romper
os sudários que o gelo te impunha

companheiro mais que todos
companheiro lendário
como te perder
e o quanto há de árido e bárbaro
nesse rastro?

atrás das despedidas

atrás das despedidas o quase
ausente zomba
frio no azul mistral das
folhas.
ainda reconhecido cavalga os gestos do adeus
a dança final
clara como uma ave
em nosso olhos

nesta tarde
o declínio da fera
calor
de sangue e pisos
arrancados
a dilaceração, a liberdade
vacilam em nossos
dedos (seria preciso inventar
um sortilégio
além desse fascínio, um deslumbrar-se
que fosse perene
em que as mãos
mesmo não se dando
se tomassem de alegria)

neste dia se perde um riso
obscuro
o tédio oblíquo nos
rostos se rearma
um vento de deserto reclama o jardim
de nossa festa

atrás das despedidas o quase
ausente
frio se rearma

alegoria

sem morte nunca
foi num muito antigo tempo que o rosto dela surgiu
carregado de terra
de entre alfaces
nas origens foi urdido este andar de terra,
que penetra a terra que é
a terra se locomovendo
foi quando das primeiras iluminações que
se motivou este sorriso
na noite
se tramou esse lento
carregar do archote

caçador

onde se velaria a conclusão do meu trabalho
atrás
arde
o grande caçador
isto é um ar
preciso vazio
em que o aguardo
uma noite devassada

animal da dor
quantos céus de quantos séculos a serem ultrapassados
antes que encontres a alvorada

longe da evidência no limite
do pensável aspira
com tuas narinas
o aço da distância
com teu faro urgentíssimo

vórtice

as quinas são iguais
os medos
os cortes
o fio é igual
a faca
a mão
a mesma
a fuga é igual
o vórtice
o mesmo raso pó

agonia

isso foi ontem
quando era agora aqui
o que agora era

o sol parou
vermelho sobre o solo inclinado
o sopro que anima uns gestos
se calava

foi
quando a lâmina surgiu e estancou
os liços lassos já
do corpo e
pálpebras vedaram
os ossos e pólens
talvez
ficassem ali retidos
areias ácidas que os ânimos
livraram
invadiram tudo

isso foi ontem
quando o sol se fez
vermelho e atrasou
impulsos fracos já
e a tarde se fez flanco
a luz tão densa
impregnava o horto
que o Filho se lançava
às lajes baças

aquilo incidiu
a sede de um som
passava

outubro setembro

atrás de um rosto não
um oco permanece
mas uma argila
uma grifada argila e lida
e lida

atrás de um rosto
não um oco
mas uma fanfarra
uma colmeia
uma argila
e outubro

outubro foi
uma marco ou outro
ou outros e entre as lousas
de um mês
setembro
eu
grifo
um turvo riso

atrás de um rosto e outros
permanece um rosto
um grifado e eternativo rosto
e um bicho ou onça
o trespassa e
não o oco perdura de um cataclismo
mas o vento e o cobalto
azul
e detonado

ido

do ido, penso
nos contornos de seu corpo
os nervos agudos
os estritos movimentos
penso
e só me é dado
nos campos de seu corpo
de onde tigres talvez
fossem lançados
e penso no timbre de seu corpo
no som preciso ordenado
nas cores de seu corpo
no espaço violento e breve que ocupava

hoje, no canto das vozes
ouve-se que é ido e penso
nos claros de seu corpo
que nos houvera iluminado

guia

sentem frio
porque andam por sebes
molhadas
e o chefe clama
eu sou a rota
e promessa de semente
porque vão
e se sentem afeitos
a ver
mas o chefe lhes diz
eu sou quem leva
mas meu nome não dou
sou a montanha branca
baleia caverna

estão cansados se o chefe
lhes fala
sou um espelho à esquerda da face
apenas além do que permite
a rotação da cabeça

no fim e antes

no fim e antes
o eu inamovível
não dedico
o coração não dedico
nem outra falácia

um dia entre grifos
o vislumbre
qual garra
um dia o vislumbre
qual raio
o coração com veia aorta
caído
no cimento molhado
duramente
e isto no momento mais alto
da atenção
noturno abrupto

coração de tal lavra
não dedico
nem o fragmento mais alto
da atenção
por inútil
o sol não dedico
que
fere as flores a raiz
quando não chove

os sabres dedico
os contornos as quinas
um dia o vislumbre
qual porta batida
no fim e antes

clausura

da clausura observo
a foz e fenda de escuro
entre nós
e o fato
observo o fio
ora inerte
que de um a outro
conduz o fato
e o fiar de novas falhas
até onde não falhe a morte
fito
no labirinto o fio
para que fale
o fato
algo sem alvo
incontestado

SOBRE A AUTORA

Vera Pedrosa nasceu no Rio de Janeiro, tendo passado a infância em Washington e Nova York acompanhando seus pais, Mario e Mary Pedrosa, obrigados a viver fora do Brasil depois do exílio de Mario pelo Estado Novo. No Rio, a casa paterna era cenário de encontros constantes de poetas, artistas plásticos e críticos de arte, bem como de pensadores filosóficos e políticos de vários matizes. *A luta corporal*, de Ferreira Gullar, foi o primeiro livro de poesia que leu e apreciou em português. No colégio, foi aluna do professor Ulysses Demócrito Horta de Siqueira, que abriu-lhe as portas à obra dos poetas maiores do modernismo, e especialmente às de Jorge de Lima, João Cabral de Mello Neto, Cecília Meireles e Murilo Mendes. Para ela esses poetas, com Francisco Alvim, Zuca Sardana, Cacaso, Maria da Saudade Cortesão e Lélia Coelho Frota, compõem um núcleo de autores de releitura permanente e deleite inesgotado.

Licenciada em filosofia, atuou no jornalismo cultural (*Jornal do Brasil*, *Correio da Manhã* e várias revistas). Mais tarde formou-se no Instituto Rio Branco, dando início a uma carreira diplomática que a levou à Espanha, ao Peru e à França e, como embaixadora, aos Países Baixos, ao Equador, à Dinamarca e à França. Ocupou funções no Ministério da Cultura, na gestão de Celso Furtado, e na Presidência da República, na do presidente Itamar Franco. Foi subsecretária de assuntos políticos do Ministério das Relações Exteriores na gestão de Celso Amorim.

Publicou, para distribuição entre amigos, os livros *Poemas* (1964), *Perspectiva Naturalis* (1978) e *De onde voltamos o rio desce* (1979) — livros extraordinários que permaneceram até hoje quase completamente desconhecidos do público.

Teve poemas incluídos em *26 poetas hoje*, antologia organizada por Heloisa Buarque de Holanda (1976).

© Vera Pedrosa

Proibida toda forma de reprodução desta edição
por qualquer modo ou forma, eletrônica,
mecânica, fotocopiada, gravada ou por qualquer meio
sem autorização expressa da autora e da editora

editora responsável
VIVI NABUCO
editoria executiva
SEBASTIÃO LACERDA
assessor especial
FERNANDO PEDREIRA
assessoria jurídica
MANOEL NABUCO
indicação editorial e edição
HELOISA JAHN
design gráfico
RAUL LOUREIRO/ CLAUDIA WARRAK
revisão
CLARISSE CINTRA
produção editorial e gráfica
MARCELLO BRAGA MACHADO
LIANA PÉROLA SCHIPPER
MARIANA FERREIRA DA SILVA

CIP-Drasil. Catalogação-na-fonte
Sindicato Nacional dos Editores de Livros, RJ
p414d

Pedrosa, Vera
De onde voltamos o rio desce/ Vera Pedrosa.
— Rio de Janeiro: Bem-Te-Vi, 2011. 96 p.
(Canto do Bem-Te-Vi)

ISBN 978-85-88747-38-8

1. Poesia brasileira. I. Título. II. Série.

11-2114. CDD: 869.91
CDU: 821.134.3(81)-1

14.04.11 18.04.11 025803

BEM-TE-VI
PRODUÇÕES LITERÁRIAS
ESTRADA DA GÁVEA 712/402
SÃO CONRADO
RIO DE JANEIRO – RJ
CEP 22610-002
WWW.EDITORABEMTEVI.COM.BR
EMAIL: BEM-TE-VI@BEM-TE-VI.NET